Il Mulino a Vento

Per volare con la fantasia

Collana di narrativa per ragazzi
diretta da
Luigino Quaresima

Iª Edizione 1998

Tutti i diritti sono riservati

© 1998  s.r.l.

Via Brodolini, 16-18 Monte San Vito (AN)
Tel. 071/749851 n° 6 linee r.a. Fax 071/7498520
E. Mail: raffaelloeditrice@tin.it

Printed in Italy

È assolutamente vietata la riproduzione totale o parziale di questo libro senza il permesso scritto dei titolari del copyright.

Giovanna Marchegiani

GEDEONE, IL PAGLIACCIO MATTACCHIONE

Illustrazioni di

Sandro Natalini

È l'alba.

Nel grande circo tutti dormono profondamente.

All'improvviso uno squillo acuto rompe il silenzio: è la sveglia di Gedeone, il pagliaccio mattacchione.

Gedeone balza a sedere sul letto e fa uno sbadiglio lungo un chilometro.
Si stira, sbadiglia ancora, si stira di nuovo.

Vicino a lui il pagliaccio Camomilla, l'eterno dormiglione, è immerso nel suo materasso di piume di struzzo e russa come un trombone stonato.

– Sveglia, sveglia! – grida Gedeone.

E gli getta sul viso un secchio d'acqua fredda.

Camomilla solleva la testa urlando:

– Brrr! Chi mi ha portato al Polo Nord?
– Alzati e preparati per lo spettacolo! – risponde l'amico. – Sei o non sei il primo ballerino?
– Basta, rompiscatole! Ho troppo sonno!

Gedeone è eccitato e sogna ad occhi aperti:
– Lo spettacolo di stasera sarà grandioso, fantastico, entusiasmante... Al lavoro!

Vede la sua capigliatura arruffata, ma non si perde d'animo: infila la parrucca nel frullatore e...

TRRR-TRRR-TRRR

In un attimo i riccioli riempiono mezza stanza.

Gedeone vuol farsi bello.
Si spalma la punta del naso con marmellata di ciliege, allunga la lingua e dà una leccatina.

– Che sapore squisito!

Si infila in bocca un tubetto di dentifricio al mirtillo e mette in azione il suo spazzolone elettrico.
– Che frescura! – esclama.

Gedeone esce trafelato.
Passa nella stanza degli specchi e si vede riflesso nello "specchio dimagrante".

– Oh, povero me! Come sono sciupato! – piagnucola spaventato. – Datemi subito la mia colazione ricostituente!

Prende uno sfilatino lungo tre metri, ci infila mezzo prosciutto e comincia a divorarlo.
– Ora sì che va meglio! – esclama soddisfatto.

Torna nel suo carrozzone e si accorge che Camomilla dorme ancora saporitamente.

Avvicina le casse dello stereo alle sue orecchie e grida al microfono:
– Sveglia...!

Camomilla sobbalza urlando:
– Rompiscatole! Voglio dormire in pace!... Non vedi che è ancora notte?

Gedeone esce per controllare che tutto sia pronto per lo spettacolo.
– Buongiorno Gedeone... buongiorno Gedeone... – saluta Cocorino, il pappagallo canterino.

– Vieni, vieni, facciamoci belli! – dice il pagliaccio.

Accosta un aspirapolvere a Cocorino e risucchia tutto: polvere, polline, semetti e.. qualche piuma!

– Sei pronto per lo spettacolo? – chiede Gedeone.
– Prontissimo: do-re-mi...
do-re-mi... mi-fa-sol!
do-re mi... do-re-mi... mi-fa-sol!

– Basta così! Non sprecare la voce. Lasciala per stasera!
– Okay... Okay... – ripete Cocorino ubbidiente.
Gedeone è soddisfatto.
– Bene, bene! – commenta.

Gedeone continua il suo percorso nel serraglio.

Il leone Barbagialla è già sveglio.

Il pagliaccio fa la permanente alla folta criniera, poi ordina:

– Proviamo la voce!
– Gr... r... r...! – singhiozza il leoncino.
– Non va, non va! – si preoccupa Gedeone. – Apri la bocca!

Barbagialla spalanca le fauci e Gedeone gli spruzza uno sciroppo al gusto di coniglietto selvatico.

– Grrrrrr! – ruggisce ora il leoncino.

– Bene, bene! – commenta Gedeone.

È il turno del puledrino Svampitello, che solleva il musetto e avvicina il suo flauto alle labbra.
Si sente un sonoro nitrito:
– Hiiiii...!
– No, no... non devi nitrire! Devi solo soffiare! –
lo rimprovera Gedeone.
– Riprova!

Il puledrino soffia e dal flauto escono note deliziose.
Gedeone è soddisfatto.
– Bene, bene! – commenta.

Poco più avanti Dondolo, l'elefantino giocherellone, si rotola a terra.

Ha fango dappertutto: nelle zampe, nelle orecchie e...
nel pancione.

Gedeone afferra la pompa dell'acqua e in un minuto ecco Dondolo lavato, asciugato e lucidato.

Ora Dondolo con la proboscide porta il suo trombone alla bocca e suona:

POOO, POROPÒ!
POROPÒ, POROPÒ,
POROPÒ...!

– Bene, bene! –
commenta Gedeone.

È ora il turno di Tiramolla, l'allegro orsacchiotto.
Una passata di battitappeto elettronico, un po' di brillantina, ed eccolo liscio e lucido come una foca.
– Ora prova il tuo strumento!

L'orsacchiotto batte a ripetizione sul tamburo e...

TA-TA-PUM... TA-TA-PUM... TA-TA-PUM...!

Il ritmo è frenetico.
– Bene, bene! – commenta Gedeone soddisfatto.

Serenella, la giraffa sempre dolce e sorridente, nasconde fra le zampe il musetto impiastricciato di verde.

Gedeone, pronto, la pulisce con una morbida spugna.

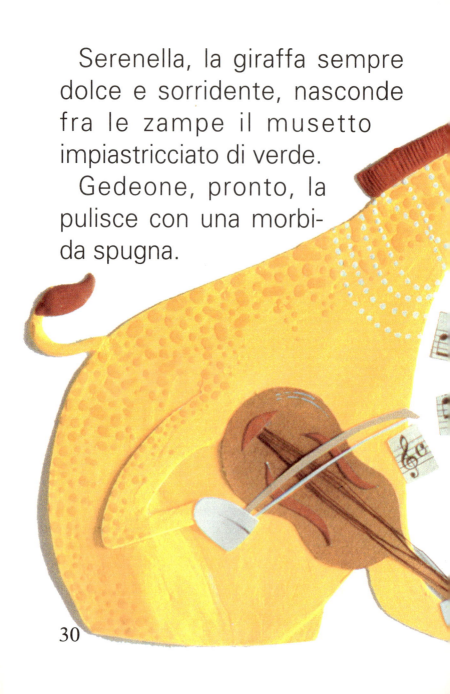

– Ora sei splendida. Prova il tuo strumento!

Dal violino di Serenella escono note melodiose.

– Bene, bene! – commenta Gedeone.

Infine Gedeone va a controllare Susi, la scimmietta più agile della foresta.

Le massaggia i piedini, vi spalma una crema alle ortiche e vi spruzza un profumo alla banana.

Susi fa quattro passi di danza con una grazia fuori del comune.

Gedeone è soddisfatto.
– Bene, bene! – commenta.

Gedeone corre trafelato da Camomilla, che è ancora immerso in un sonno profondo.

Prende un grosso cannone, lo carica ben bene, lo accosta al letto e...

PUUUMMM!...

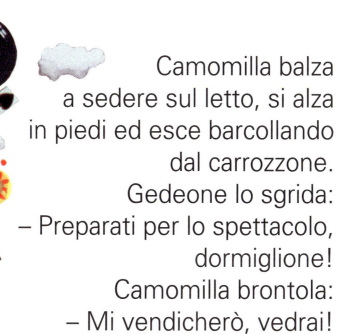

Camomilla balza a sedere sul letto, si alza in piedi ed esce barcollando dal carrozzone.
Gedeone lo sgrida:
– Preparati per lo spettacolo, dormiglione!
Camomilla brontola:
– Mi vendicherò, vedrai!

Ora Gedeone contempla con orgoglio l'enorme manifesto che annuncia lo spettacolo.

Il pagliaccio legge e rilegge il manifesto e già pregusta gli applausi fragorosi del pubblico.

Sta per iniziare lo spettacolo.
L'orchestra e i ballerini sono al loro posto.
I cantanti trattengono il respiro.
La bacchetta di Gedeone è sospesa in aria...
Via!

Inizia il concerto.

Dal flauto di Svampitello schizza via una freccia che va a colpire diritta diritta il naso di Barbagialla.

Un ruggito di dolore fa vibrare il tendone.

Cocorito grida:
– Aiuto, aiuto! Chiamate l'ambulanza! Chiamate i pompieri!

Gedeone cerca di riportare la calma fra gli orchestrali:
– Buoni, buoni, non è niente.
Gli spettatori cominciano a ridacchiare divertiti.

Riprende il concerto.

Dondolo soffia a pieni polmoni nel suo trombone.

Una nube di polvere "pizzicorina" si diffonde nell'aria e ricade sugli orchestrali.

Tutti si grattano come forsennati: chi sulla testa, chi sotto i piedi, chi sulla punta del naso.
– È la fine, è la fine! – grida Gedeone sconsolato.
Il pubblico ora comincia a ridere sonoramente.

Il violino di Serenella va a cadere in mezzo alla pista.

Dalla cassa ridotta in mille pezzi schizzano via dei mortaretti che cominciano a scoppiettare.

Tutti saltano e ballano per sfuggire a quei botti.

Tutti, anche Gedeone.

Non si è mai visto un ballo così frenetico.

Gli spettatori non si tengono più dalle risate.

Si stanno divertendo come non è mai successo nella loro vita.

Tiramolla sferra un gran colpo sul tamburo:
BUMMM...!

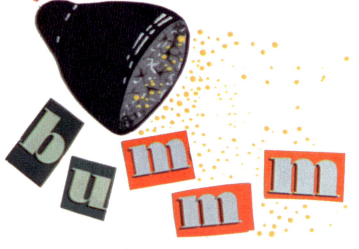

Il faro centrale del circo va in frantumi e una polvere gialla cade sulla pista.

Gli artisti la respirano e cominciano a ridere a crepapelle.

Gedeone si dispera, ma non riesce a trattenere le risate:
– Povero me! Questa è... ah, ah, ah!... la vendetta di Camomilla. Ah, ah, ah!... sono rovinato!
Gli spettatori applaudono sempre più forte.

Gedeone, rincuorato dagli applausi, alza le braccia e grida:
 —*Via!*

Tutti ballano, ridono e cantano. Camomilla, che voleva rovinare lo spettacolo dell'amico per vendicarsi del brusco risveglio, fa sbollire la sua rabbia e balla allegramente come tutti.

Grazie a lui il concerto si è trasformato in uno spettacolo veramente eccezionale.

Gedeone non crede ai propri occhi. Balla e canta felice fra gli applausi scroscianti, agitando in aria la sua bacchetta da direttore d'orchestra.

Raggiante per lo strepitoso successo, grida:

– Grazie, Camomilla! Sei un vero amico.

Lo spettacolo venne replicato un milione di volte in tutte le città dove vivono i bambini.

Per comprendere meglio

A cura di Cristina Cicconi

STRANI MODI PER FARSI BELLI

● Collega al personaggio l'oggetto che egli ha utilizzato per farsi bello:

Gedeone pettina la sua parrucca con...
- la spazzola
- il pettine
- il frullatore

Cocorino si fa bello con...
- l'aspirapolvere
- il rossetto
- il sapone

Tiramolla si liscia un po' con...
- il gel
- il lucido
- il battitappeto

IL TROMBONE MAGICO

○ Dal trombone di Dondolo escono alcune lettere. Utilizzale per comporre i nomi di due personaggi del racconto:

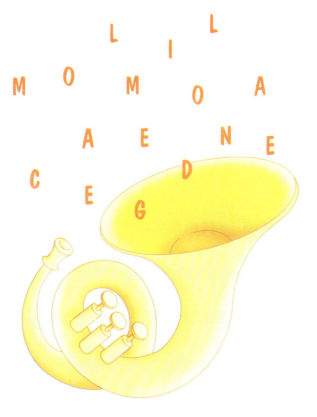

1° nome G

2° nome C

IL DISEGNO NASCOSTO

● Tracciando un segno con la matita, accompagna Gedeone a svegliare i suoi artisti uno dopo l'altro come ha fatto nella storia e osserva il disegno.

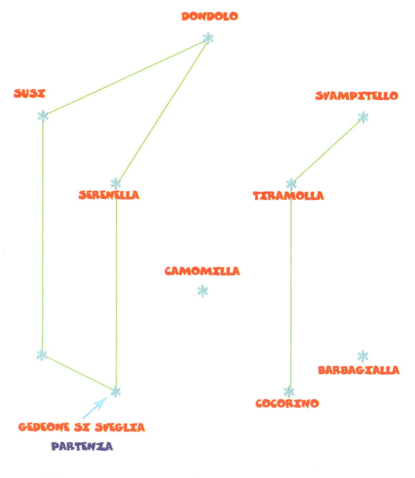

Che cosa è apparso?

CHI LO SUONA NEL CIRCO DI GEDEONE?

- Scrivi accanto ad ogni strumento musicale il nome del personaggio che lo suona:

....

....

SI SUONANO COSÌ!

○ Completa la frase con lo strumento giusto che poi puoi disegnare nel riquadro.

L'arco scorre sulle corde
pian pianino e dolcemente
suona il ....

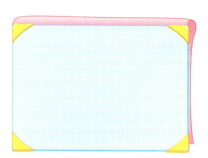

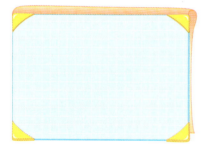

Un bel respiro ci vorrà
per trovare aria in quantità
e il .... suonerà

Batti batti come il cuore,
picchia forte e fa' rumore,
un bel ritmo otterrai e
il .... suonerai

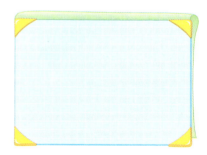

IL RETICOLO MAGICO

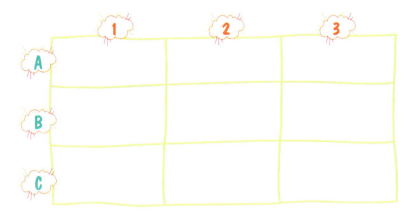

In **A 1** scrivi il nome della scimmia ballerina.

In **A 2** disegna un sole.

In **A 3** Camomilla è un pagliaccio? Scrivi SÌ o NO

In **B 1** disegna una stella.

In **B 2** scrivi il nome del puledrino.

In **B 3** che cosa fa nel circo di Gedeone l'elefantino?

In **C 1** scrivi il nome della giraffa violinista.

In **C 2** disegna la sveglia di Gedeone.

In **C 3** com'è lo spettacolo alla fine? (simpatico, stonato, strano, silenzioso, serio)

Che cosa hanno in comune le parole e i disegni che hai fatto nel reticolo?

COSTRUISCI LA SCHEDA DEL LIBRO

Autore: (nome e cognome) ....

(vivente - vissuto nel...) ....

(nazionalità) ....

Titolo: ....

Casa Editrice: ....

Protagonista: (personaggio principale) ....

....

Altri personaggi: ....

....

....

Personaggio che mi è piaciuto di più: ....

....

Serie Gialla (prime letture)

1 – *Ivonne Mesturini* – Nicolò e Brilli

2 – *Ivan Sciapeconi* – Zezè e Cocoricò

3 – *Mara Porta* – Croac e la strana malattia

4 – *Loredana Frescura* – Il fantasma dispettoso

5 – *Giovanna Marchegiani* – Gedeone, il pagliaccio mattacchione

Serie Rossa (a partire dai 7 anni)

1 – *Esopo* – Le più belle favole

2 – *Antonella Ossorio* – Tante fiabe in rima

3 – *Carlo Collodi* – Pinocchio

4 – *Luigino Quaresima* – L'astrobolla

5 – *Gabriella Pirola* – Nata sotto un cavolo

6 – *Luigi Capuana* – Trottolina e altre fiabe

7 – *Paola Valente* – La Maestra Tiramisù

8 – *Fatima Mariucci* – Il formicuzzo Gennaro

9 – *Giovanna Marchegiani* – Leo e... Poldo

10 – *Antonella Ossorio* – Tante favole in rima

Serie Blu (a partire dai 9 anni)

1 – *Rudolf Erich Raspe* – Il Barone di Münchhausen

2 – *Cinzia Marotta* – Koll, la città sulle isole

3 – *Lyman Frank Baum* – Il Mago di Oz

4 – *Luigino Quaresima* – Il ritorno della mummia

5 – *Nadia Bellini* – Il mondo di Federico

6 – *Oscar Wilde* – Il Principe Felice e altri racconti

7 – *Olga Sesso* – Janurè e le favole del mondo

8 – *Ruben Marini* – Alto, forte, con i capelli un po' lunghi

9 – *Luigino Quaresima* – Prigionieri della strega

Serie Azzurra (sezione inglese)

1 – *Fratelli Grimm* – Hansel and Gretel

2 – *Oscar Wilde* – The Canterville Ghost

3 – *Mary Shelly* – Frankenstein

4 – *Charles Perrault* – Puss in Boots

5 – *A cura di: Breccia, Agostinelli, Howell* – Computown

6 – *A cura di: Breccia, Agostinelli, Howell* – Antef, the Egyptian Boy

Puoi comunicare

— le tue impressioni
— le tue proposte
— i tuoi desideri

scrivendo a:

Via Brodolini, 18
60037 Monte San Vito (AN)

E. Mail: raffaelloeditrice@tin.it

Avrai sempre una risposta.

Finito di stampare

presso **Sograte** Città di Castello